SLOW MUSIC

浅井 優 *Yū Asai*

文芸社

SLOW MUSIC　もくじ

SLOW MUSIC

#0・キレイなカラダは左キキ

「ねぇ、紹介してあげようか?」

「……あ?　誰を?」

「会社の人。年上ですごくキレイな人だよ。前にも話したじゃん」

「年上っていくつ?」

「確か二十九になったばっかりだと思う」

「ふぅーん」

「ほら、俺もう会社やめるから最後のチャンスだよ」

「うーん」

「由美ちゃんのこと、忘れられないの?」

「……そんなんじゃないけどさ」

「いいじゃん。ちょっと会ってみるだけだしさ」

「うーん」


「初めまして、神田律子です」

ニコッと笑って、頭を下げる。

「どうも、斉藤裕介です」

「律子さん、こいつ高校生のときからの親友なんです」

「そう」

律子は、ニコニコして笑う。

律子さんは優しい瞳で、俺のことを説明している親友の前田健太郎を見つめていた。

俺はその日、この紹介の話はもうないなと感じた。

（律子さんは、健太郎が好きなんだ）


「ねぇ、キレイだったでしょ？」

「うん」

「いい人だし、どう？」

「俺にその気があっても、向こうにはないと思うぜ」

「何で？　けっこう楽しそうだったよ」

「それは、俺のせいじゃないと思うなぁ」

「そう悪くとるなよ！　俺、言っとくよ」

「何をだよ」

「裕介のこと、どうかって聞いてみる」

「いや、それはやめとけ」

「何で？」

「いいからやめとけ」

「タイプじゃなかった？」

「そんなんじゃないよ」

「……じゃあ、何で？」

「律子さんはなぁ、……お前が好きなんだよ、きっと」

「……えっ!?」

「お前はいっつもそうだ。知らないところでモテてるんだよ。気付かないバカヤローだ」

「……そんな、まさか！」

「わかんねぇけど、多分」

「……どうしよう！」

「理沙と別れて、律子さんと付き合えば？」

「嫌だよ、そんなの」

「じゃあ、断るしかないだろ」

「冷たいよ、裕介〰〰」

「他人事だからなぁ〰〰」

「ひどいよー」

「でも、そうするしかないだろ」

「……うん」

「中途半端に付き合うよりいいだろ。男と女はいろいろあるさ」

「……うん」

「でも、キレイな人だよなぁ」

あの優しい瞳で俺を見ている。

そんな場面を想像した。


健太郎の送別会があるという日に、健太郎から電話がきた。

「どうした？」

「あれから、律子さん何も言ってこないんだよ」

「……女いること知ってるからだろ」

「うん、そうかもしれない」

「変に態度変えるなよ。何もしてこないなら何も言わずそっとしとけ。そしてそのまま別れればいいさ」

「わかってるよ」

「あっそう」

「じゃあねー」

「あぁ」


その日、律子はひどく酔っ払った。

律子が、そっと言う。

「健太郎君、送ってってほしいわ」

二人でタクシーに乗って、律子の家に向かう。

ドキドキしていた。

裕介の顔と、付き合って九年になる理沙の顔が浮かぶ。


「家に寄っていって」

足がふらつく律子さんを部屋の中まで連れていった。

「何か飲む?」

「いいえ、すぐ帰りますから」

律子さんは黙って僕を見つめて、そして部屋の奥へ消えていく。

ひとつ、大きく息を吸い込んだ。

(早く帰ろう、そのほうがいい……)

「健太郎君」

振り向くと、律子さんは全裸だった。

「抱いてほしいの……」

「……え？」

「あなたはきっと、何も思わなかったんでしょうね……。下心なんかなく、優しさで送ってくれたのよね、きっと……」

「……そんな……」

「あなたっていつも優しいもの……」

「そんなこと……」

「彼女がいてもいいの。抱いて……」

律子さんの体はキレイだった。

左手で僕を呼ぶ。


一人でいるのが何となく淋しい。そんな日がある。

健太郎の言うとおり、俺は忘れられないのだろうか。
チョットだけそうなのかもしれない。
道路の向こうの女を見た。
女は、たくさんの花たちを運んでいる。
由美と別れてから八か月。
由美と目が合った。
車のアクセルを踏んだ。
チョット通りかかっただけ。
チョット見てみようと思っただけ。
おまえの視線は、
チョットだけ涙の色

#1・銭湯へ連れてって

雨が降っていて、飲みにいくのはやめようかと思ったが、家にいるのも退屈だから出かけることにした。

一人でラーメンを食べてから、久しぶりにあのＢＡＲへ行こうかと思っていた。

いつしか雨も止んでいる。

歩きながら、いい女に目をやる。

男と女はいっぱいいるのに、恋におちるのはなかなか難しい。なんて、くだらないことを思いながら歩いているとき、一人の女に目が留まった。

向こうから女が歩いてくる。

まだ、俺には気付かない。

二人の距離が近付く。

俺は強く視線を投げかける。

「あっ……」

女は気付いた。

「こんばんは」

「……こんばんは」

神田律子だった。

「久しぶりね……、斉藤……」

「斉藤裕介です」

「……一人？」

「えぇ、まぁ……」

「これから待ち合わせとか？」

「いいえ、全然。一人で飲みにいこうかって思ってたんですよ」

「……そうなの」

「……あなたは？」

「私も、ちょっと一人で買い物」

「そうですか」

「ええ。……じゃあ……」

「あっ、どうも」

律子は歩いていく。

律子の後ろ姿を見つめる。

あの優しい瞳が浮かんできた。

「律子さん」

「……えっ？」

「一緒に飲みにいきませんか？」

「……」

「せっかく会えたんだし……」

「……そうね、いいわ」


「元気でしたか?」

「……やっと、少し元気よ」

「俺とこうやって一緒にいるの、つらいですよね」

「……少しね。でも、あれから二か月だから」

「健太郎から聞きましたよ」

「何を?」

「キレイだって言ってました」

小さく笑う。

「彼に恋してたからね、きっと」

左手でグラスをつかむ。

「今日は、どうなんですか?」

律子が裕介の顔を見る。

「ドキドキしてますか？」

「さぁ、どうかしら」

「何かいいことないですかね」

「例えば？」

「昔の女とハッピーライフをやり直すとか」

「彼女の気持ちは？」

「うーん、厳しいですね」

少しの沈黙。

「ステキなところね。はじめて来たわ」

「思い出の場所です」

「彼女との？」

「えぇ」

「いつも来てるの？」

「いえいえ、無理ですよ。高いから」

「今夜来たらどうするの？」

「別にどうもしませんよ」

「私と一緒のとこ見られたら大変よ」

「俺らしいなぁと思うんじゃないですかね」

「でも……」

「いいんですよ。まぁ、俺も本気でやり直したいと思ってる訳じゃないし」

「そうなの？」

「ええ、まぁ」

「……」

「あっ、今のってマイナスポイントですよね」

「マイナス？」

「もっと真面目なところ、見せないとな」

律子は笑う。

「どうして？」

「今日は、俺をPRしようと思うんですよ」

「私に？」

「もちろん」

「なぜ？」

「はじめて律子さんを見たときから、いいなぁって思ってましたから」

「……そうだったの」

「この店を選んだのは失敗だったかなぁ」

「そうね。昔の彼女との思い出の場所でPRするのは、ちょっとね」

「やっぱり？」

「えぇ」

律子は笑う。

「失敗したなぁー」

裕介は、ポリポリと頭をかいた。


外に出ると、秋の風が吹いていて冷たかった。

「今夜、どうですか？」

「え？」

「今夜、俺と……」

「PRしたいの？」

「えぇ、直球でしょ？」

「本当ね」

律子は、笑いながら言う。

「今日、お風呂に入ってきてないの」

「じゃあ、この次」

「うちのお風呂壊れちゃったのよ」

笑みを浮かべて、

「俺んちの近くに銭湯ありますよ」

「銭湯？　あはは。たまにはいいかもしれないわね」

「でしょ？　だから、この次」

「私って、一途なの」

「大歓迎です」

首を横に振る。

「あの日の傷が癒えてないの」

「そうでしたね」

「でも、飲みにいくのは付き合うわ」

「時が経てば風呂も直ります？」

「もちろん。だけど時間が必要ね」

「ゆっくり直しましょう。銭湯もあることだし」

笑って見つめ合う。

「じゃあ」

「また飲みに……」

「えぇ、行くわ」

「送りましょうか」

「大丈夫。タクシーで帰るから」

「じゃあ、また」

「気を付けてね」

律子は、少し弾んだ足どりでタクシーに乗り込んだ。

裕介は、かなり弾んだ足どりで銭湯へ向かった。

#2・question?

お風呂が壊れてから二回、飲みにいった。

もちろん、何事もなく。

そして今夜は、三回目の夜。

「あの二人、どうしてる?」

「健太郎ですか?」

「うん」

「仲良くやってますよ」

「健太郎君、仕事は?」

「女の親父の会社で働いてますよ」

「結婚するのかな?」

「さぁ、どうなんですかね」

「あなたは？　昔の彼女」

「答えたら、あなたも答えてくれます？」

「えぇ、答えるわ」

「絶対ですよ」

「えぇ、いいわよ」

「俺はマジです。あなたに」

枝豆をひとつパクリ。

「私は彼がどうしているか気になる。あなたのことは……」

「けっこう傷が深いんですね」

「あなたって優しいわ。一度も彼の話をしないもの」

「ただ意地悪なだけですよ。最近、あいつが憎々しいですよ」

「でも、好きなんでしょ？」

ビールおかわり。

「私って、イヤな女?」

目をくりくり。

「どうしてですか?」

「あなたのこと、もてあそんでるから」

「そんなことないですよ。女は男を友達として見ている。男は友達じゃなく女として見ている。そこら辺の奴らと一緒です。ただの片思いってやつですよ」

「周りから見たら恋人に見えるかしら?」

裕介はビールを飲む。

「見えないと思いますよ」

律子は少し驚いた顔で、裕介を見た。

「きっと、みんな俺を応援してると思います」

律子のビールを指差して、

「おかわりします？」

「えぇ、そうするわ」

「すいませーん！　ビールおかわり!!」


律子は陽気に笑っていた。

裕介はそれを黙って見ている。

「なに……？」

照れたように律子は言う。

「いいえ、別に」

「何？　言ってよ」

しばらく見つめ合う。

「……かわいいですね」

律子は、少し吹き出した。

「酔っ払ってるの？」

「それは、俺じゃなくてあなたですよ」

裕介は、ニコニコ笑う。

「悪女に見えてるかしら？」

「悪女って？」

「男を惑わす美しき女」

「えぇ、バッチリ！」

そう言うと律子は笑っておしぼりで顔を隠し、裕介に投げた。

「困っちゃったなぁ、こんなに酔っ払って」

裕介に見えている律子の肌は、顔と手だけだった。

胸も足も見えてはいない。

律子の瞳とくちびるがいやらしかった。

律子はまだ陽気に笑っている。

健太郎が彼女の体を見たことを思い出した。

少し嫉妬を感じた。

だけど、健太郎は陽気に笑って酔っ払っている彼女を知らない。

律子も裕介も笑っていた。

時に真面目に話をしたり……。

「ひっく」

律子のしゃっくりが話を中断させる。

裕介は、笑いを一生懸命隠していた。

それでも律子は、話し続ける。

「水もらいましょうか？」

「ひっく」

また、しゃっくりをする。

「えぇ」

「すいませーん、水、二つちょうだーい！」

「やっぱり、居酒屋で飲むのが一番だなぁ」

「本当ね。楽しかった」

裕介は、笑って手を上げた。

「もう帰るの？」

「酒は気持ちいいけど、危険もありますから」

タクシーが止まり、ドアが開いた。

律子は、タクシーに乗ろうとして、運転手の顔を見た。

「ごめんなさい。乗りません」

運転手は少し変な顔をして、タクシーをスタートさせた。

律子は裕介の顔を見て、微笑《ほほえ》んだ。

「もうちょっと飲みましょう。あなたと飲むの楽しいの」

裕介は、嬉しそうに笑った。
裕介　二十六歳
律子　二十九歳
少し手応えを感じた涼しい夜だった。

#3・キレイなカラダは左キキ、の後日談

「送別会の夜、あの人の家に行ったんだ」

「あの人って?」

「律子さんだよ」

「ふぅーん。それで?」

「別に」

「別にっていうのが怪しいんだよ」

「そんなことないよ」

「何かしたの？」

「いや、ただ体を見ただけ」

「それで、そのまんまレッツゴー？」

「そんなことしてないよ」

「体って全部？」

「うん、全部」

「それで、なーんにも？」

「うん、してないよ」

「それでこそ！　お前だよ」

「キレイだったよ」

「お前の女もかわいいだろ」

「うん。ありがと」

「……ラーメン食うか？」

「うん」

ズルズルハァー、ズルズルハァー
「どんな感じだった？」

「うん？」

メンを食べながら、

「律子さんの体だよ」

「左キキだからかなぁ」

手が止まる。

「……」

「食えよ。いらないの？」

「左キキが何だよ」

「左のほうが大きかったから」

「本当に見たのか？」

「そう言ったじゃん！　信じてないの？」

「はっはっはー!!　それで、何もしなかったの？」

「してないよ。しつこいなぁ」

「うっそだぁー」

「嘘じゃないよ」

「バッカだよ！　おまえ！」

「なんでぇー？」

ズルズルハァー、ズルズルハァー

「よかった」

「？」

「あいつとあなたが何もなくて」

「今日は、そういう話をするの？」

「あいつにとっても俺にとっても、あなたにとってもよかったです。うん」

「どうしたの？」

「健太郎は、いい奴です」

「……」

「俺も女だったら惚れてますよ」

ビールを一気に飲む。

「あいつって何でもできるんですよ。勉強もスポーツも……。女にだって結構もてるし。健太郎がいなかったら、今の俺はいないと思います。でも、何かくやしいんですよ。バカみたいに張り合ったりなんかして……」

「……」

「くらい男でしょ？」

「……ううん。女にだって山ほどあるのよ。私だってそう思うことあるわ。みんなそうよ。ねぇ、今日はあなたが酔っていいのよ。よく見せようだなんて思わなくてもいいの。そうしなくてもあなたはステキよ」

「……ちゃんと伝わってるんですね」

「もちろん」

二人は、笑い合った。

律子と別れた後も心は重い。

律子がいなくなったからなおさらだ。

(変なオレ……)

くらいそら、くらいこころ

#4・友情は突然に

酔いは少しもさめないまま、裕介は一人歩いていた。

公園に、テントや段ボールで作られた家がある。

フラフラと、裕介は歩み寄った。

「おい、起きろよ！　この野郎!!」

汚い顔がそっと出てきた。

「何やってんだよ、こんなところで」

「お前こそ何だ。ここに来たって何もないぜ」

「本当、何もねぇよ。俺には……」

ガンガンとテントを蹴る。

「いいことも悪いこともなーんにもねぇよ」

「幸せじゃねぇか、そしたら」

「幸せなんかじゃねぇよ、情けねぇよ」

「女にでもフラれたか？」

小石を投げる。

何も答えずに。

「寒くねぇのかよ、こんなところにいて」

「もう慣れたさ」

「俺の心は、真冬だぜ」

「そんなにいい女か？」

そう言うと、やっと、キレイな顔の男は笑った。

「何かさー」

胸に手をやって、

「グッとくるんだよねー」

「だったら、さっさとモノにしろよ」

「バカヤロー。そう簡単にできねぇんだよ。軽そうで、全然違うんだ」

「俺なんか女も忘れちまった」

「あんた家族は？」

「どっかにいるよ」

「あんたも真冬か……」

キレイな男は、独り言のように言った。


「お前は幸せだ。神に誓ってそう言える。俺には何もない。お前みたいに女のことを考えてる場合じゃない。金のことばっかりだ。金が欲しい。今のお前は、ドン底に落ちたってはい上がれる。けど、俺は落ちて、落ちて、死ぬだけだ。明日には幸せな気分になるぜ。俺に会ったからな。わかったらさっさと消えやがれ」

キレイな男は、汚い男を見つめていた。

「あんた何歳だ?」

「自分のことも忘れたよ」

「あんたもはい上がれるよ」

汚い男の瞳を指差して、

「あんたの目は、まだ生きてる!」

「……」

汚い男は、毛布にもぐって目を閉じる。

「俺のカンは当たるぜ。よし! 明日の天気は晴れだ!」

「天気予報は、曇りのち雨だったぜ」

「そんなもん当てにならねぇよ」

「ふん」

「俺を信じろ! そして、あんたも明日幸せな気分になるぜ。俺に会ったからな」

「晴れて、その後どうなる」

「俺もあんたもハッピーエンドをゲットする」

「それもお前のカンか？」

「まぁね」

「……どうかな？」

「俺には見えるぜ。あんたのニヤッとした顔が。じゃあなー」

汚い男は、キレイな男の背中を見た。

ふと、横を見ると、つけたばかりの煙草があった。

汚い男は、煙草を手に取って吸った。

うまい。

久しぶりだった。

(明日の朝が何だか恐いな)

次の日の朝。
快晴だった。
汚い男は、ニヤッとした。
そのとき、車が一台ゆっくりと通った。
昨日のキレイな男だった。
手を上げて、走り去る。
汚い男は、煙草が吸いたくてたまらなかった。

#5・もしかして!?

昼、PM12：30。

「裕介君！」

聞き覚えのある大好きな声。

振り向くと、律子が手を振りながらこっちに来た。

「偶然ね。今、お昼?」

「えぇ、そうです」

歩き出す二人。

「昨日は、みっともないとこ見られちゃって……」

「ううん、気にしないで」

笑い合う二人。

「予報では雨だったのに、バカみたいに快晴よね」

「本当ですねー」

「当てになんないわよね、天気予報なんて」

「やっぱりそう思います?」

突然、大きな声を出す裕介。

「ふふ、どうしたの？」

「その言葉を聞いたら喜ぶ人がいるんですよ」

「その人って、女の人？」

「えっ？」

「ううん。あなたも幸せそうな顔してるわ」

「そうですか？　へへ……」

「じゃあ、私こっちに行くから」

「あぁ、じゃあ」

背を向けた律子。

また振り返る。

「その喜ぶ人ってどんな人なの？」

「いい目をしてる人ですよ」

「……ステキな人ね」

律子の顔。

裕介をじっと見つめる。

「じゃあ」

律子、走り去る。

裕介の顔。

律子の意味ありげな瞳を考える。

律子の後ろ姿。


ＰＭ３：35。

一台のトラックが止まる。

若い男が走ってきた。

「なぁ、おじさん。ここにいた人、どこに行った？」

「あぁ、もう少ししたら戻ってくるよ」

「俺、時間がないんだ。伝えといてくれる？」

「何て？」

「もしかしたら、女がモチを焼いてくれたって」

「……それだけか？」

「うん、頼むよ」

若い男は、トラックに戻り走り去った。

「何だ？　あいつは……」


その三日後。

トラックの男がキレイな女とやって来た。

あの日、伝言を頼まれた男が声をかける。

「あの人は、どっかに行っちまったよ」

「どこに行った？」

「さぁ？　いいところがみつかったんだなぁ、きっと」

「そっかぁー」

男と女、こそこそ話す。

女は残念そうな顔をして、ペコリと頭を下げると車に戻っていった。

「あんたの女かい？」

「いやいや。まだまださ」

「あの人に伝言を頼まれたよ。うれし過ぎてモチを焼き過ぎるなよ、だとさ」

「やっぱり俺のカンは当たったな」

「？」

「じゃあ、どうも！」

もう、そこまで冬が来ていた。

#6・一生に一度だけ

「俺さ、律子さんのこと本気なんだ」

「毎回聞いてるよ、その言葉」

「誰もが恋をするたび、そう思うんだよ！」

「それで、何さ」

「いやー、お前にこんなこと聞くのもさ」

「俺が律子さんをどう思ってるか？」

「……あぁ」

「バッカじゃないの!?　俺はアイツのことだけ」

「俺も律子さんのことだけ」

「じゃあ、いいじゃん」

「よくねぇーんだよ」

「何で？」

「まだお前のこと好きなんだよ」

「もう忘れてるって」

「一途な人なんだよ」

「そういうのって一途っていうの？」

「じゃあ、何だよ」

「さぁ、よくわかんないけど。でもさ、一途だけっていうのは違うよ。あの人は、一途で潔い人だよ」

「何でおめぇにわかるんだよ！」

「くやしいんだろう？　俺に言われると」

「うっせぇ!!」

「でもさ、いつまでもこんなのが続くんだったらやめなよ」

「俺のカンは当たるぜ」

「こっちのは、全然じゃん」

「こっち方面のカンは、一生に一回しか当たんねぇんだよ。お前は、最初の一回で当てたのかもな」

「そうだといいけどね。お互い頑張ろう。どこでどうなるかわかんないし」

「自信満々のくせしやがって」

「お互いにね」

「……それが一番危ねぇんだよなぁ」

#7・悲しい彼女

PM6：30。

「お疲れ様ー」

車に鍵を差し込んだとき、人影が見えた。

由美がいた。

由美は少し手を上げて、チョットだけ笑った。

外、歩く二人。

「元気だったか?」

「うん。急にごめんね、ビックリした?」

「いや、別に。どうしてんの、今?」

「何も変わんないよ。健太郎君元気?」

「あの二人は、いつものまんま」

「そう。うまくいっててよかった」

信号が赤で止まる。

「彼氏できたか?」

「そっちは?」

「追いかけてるよ、頑張って」

「追い付けそう?」

「追い付いてみせるさ。そっちは?」

「……うん」

淋しく笑う。

信号が青に変わる。

「どんな人なの? その人」

「年上のいい女」

「ふぅーん」

「何か食いにいくか?」

「いいの?」

「久しぶりに会ったんじゃん」

「じゃあ、私が決めてもいい？」

「あぁ」

店に入る二人。

「ここに来たの、はじめてだぜ」

「けっこうおいしいよ」


「どうした？」

「えっ？」

「さっきからずっと外見てるから」

「あぁ、ごめん」

「この前、ごめんな」

ジュースを飲む。

「店に行ったりして」

「ううん」

「まだ花屋にいるのか？」

「うん」

「本当に彼氏いないのか？」

「何で？」

「いや、キレイになったからさ」

「何言ってんのよ」

「マジだって。あと、悩んでる顔だね」

「そう見えるかな？」

「うん、見える」

彼女のため息。

騒がしくなる店の中。

「こっちはいっぱい泣いてるのに、あんなに笑って幸せそう」

窓の向こう側を見て、由美は言った。

裕介も見る。

夫婦と子供が笑っていた。


黙って歩く二人。

もう、外は真っ暗。

「お前さ……」

「言わないで。ごめんね。どうしても見たかったの。でも、一人じゃ行けなくて……」

「あいつと付き合ってんの?」

「優しいのよ、あの人……」

「お前……」

「裕介に会ってよかった。何かホッとしたよ。年上の女、頑張ってね」

「いいのかよ、あいつとこのままで」

「ずっとじゃないから。いつか終わるから大丈夫」

「そういうことじゃないだろ」

「その人のこと、抱いた?」

「あん?　……抱いてねぇよ」

「それでこそ、裕介よ」

「お前なぁ……」

「裕介を軽い男だと思ってた女の人たちってバカだよね。本当はずっといい奴だもん。それなのに私が一番わかってなかった……」

「もういいよ」

「よくないよ。私……」

「そんなことより今のお前を考えろよ。それも恋だって思うけど、お前には似合わねぇよ」

「……似合う人なんかいるの？」

「いつものお前に戻れよ」

「裕介がいてくれたら戻れるかもしれない。裕介がそばにいてくれたら……」

彼女の瞳に涙が見えた。

「あのとき、どうして来たの？　私のこと、好きだって思ったからでしょ？」

「バカだよ、お前は……」

歩いている人たちが、こっちを見ていく。

「俺が行ったとき、どう思った？　あのときのお前は、俺のことなんて忘れてた。それなのに、今はそのことを持ち出して淋しいのを隠そうとしてるだけだ。自分を見失ってるだけ。ここで俺と何かあったら、お前は変われない。そして、俺も後悔する。あの人に会えなくなるから」

「じゃあ、どうすればいいの？」

「俺は、何もしてやれない。ただ話を聞くことしかできない。どうするかは自分で決めるんだ」

「……私って本当にバカ」

涙を拭く。

「ごめんね。もうこんなことしないから」

「俺も言い過ぎた、ごめん」

「ううん、それでいいの。やっぱり裕介はかっこいいよ」

裕介の手をひっぱって歩き出す。

「裕介、幸せになってね」

「まずは、お前だろ」

「……裕介に会ってよかった」

二人は、手を離した。

由美は、裕介の少し前を歩いている。

「送るよ」

「ううん。大丈夫」

「もう暗いから」

「いいの。これ以上いると、また変なこと言いそうだから。今日は、ごめんね」

「もう、いいよ」

「ねぇ、裕介」

「うん？」

「心から裕介に会いたいって思ったんだよ。私にとって裕介はね、恋じゃないし、友達でもない。もっと大切な存在なの。だから、甘えてあんなこと言ったんだと思う」

「相変わらず難しいこと言うなぁ、お前」

「うまくやりなさいよ、年上の女」

「あぁ、お前もな」

やっと由美は大きな笑みを見せた。

「じゃあ、バイバイ」

「あぁ、またな」

由美は、元気な足どりで裕介から離れていく。

いつもどおりの由美の歩き方だった。

裕介は、由美の後ろ姿を見えなくなるまで見送っていた。

#8・熱い秋の夜

「律子さん、野球なんかするんですね」

「ビックリした？　私、ソフトボールしてたのよ」

「でも、もうボール見づらいですよ」

「大丈夫よ。さぁ、やりましょう」

キャッチボール。

「どこ守ってたんですか？」

「ショートよ」

「へぇー、大したもんだぁ」

「でも、弱かったの。全然、勝てなかったのよ」

「でも、大したもんです」

「ありがとう」

「じゃあ、ゴロいきます」

「まかせて！」

「次は、フライ」

「いいわよ」

「ナイス、ナイス」

「私ね、本気で考えてるの」

ボールを裕介に投げる。

「考えてるって？」

裕介、ボールを取る。

「あなたのこと」

ボールを投げかけて、止まる。

「早く投げて」

ボールを投げる。

「会いたいって思うわ」

「なかなかいい感じになってきましたね」

そう言って、裕介は笑った。

キャッチボール、続く。

「ずっとあなたのこと、考えてるの。でも、まだはっきりとはわからないの。ごめんなさい」

「律子さんが少しでも俺のこと考えてくれてるだけで充分ですよ。だけど、いつまで我慢できるかわかんないですけど」

裕介は、ニヤッと笑う。

「でも、あなたのこと大切にしたいです」

律子の手が止まる。

見つめ合う二人。

裕介は、少し目をそらした。

律子が裕介のほうに歩いてゆく。

また、見つめ合う。

今度は近い距離で……。

「何か恥ずかしいですよ」

律子は裕介にキスをした。

強くて、優しいキスだった。

律子の体を離す。

「あんまりやると図に乗りますよ」

「あなたって純粋だわ」

「えっ？　この俺が？」

「えぇ」

「どこがですか？」

「どこかしら。でも、純粋な人」

「男のくせに」

「そこがいいのよ」

律子の瞳が、潤んでキラキラ輝いていた。

#9・もっと好きになったのに

キスの夜から、十日が過ぎていた。
裕介の心は、律子でいっぱいだった。
あの夜が夢のような気がして、信じられなかった。
けれど、胸の鼓動が現実だと気付かせてくれていた。

火曜日。
仕事は休みだった。
なぜか彼女に電話する勇気がなかった。
そんな自分に少しビックリしている。

ジーンズショップを出てから、一人何も考えずに歩いていた。
いや、考えていた。
律子さんのことだけ。
たくさんの人たちが歩いている。
どんな場所でも、どんなに人が多くても、きっと彼女を見つけられる。
彼女は、素敵な笑顔を見せていた。
裕介の好きな笑顔で〝カレ〟を見つめていた。
裕介は、歩いていた。
立ち止まったりはしなかった。
一瞬息を止めただけ。
そしてまた鼓動が速くなる。
親友の〝カレ〟も笑っていた。
裕介は、前を向いた。

ただ真っすぐ前を見て歩いた。

喫茶店の二人。
夢のような気がして、信じられなかった。
彼女の笑顔が頭から離れなかった。
彼女のあの笑顔が現実だと語っていた。

#10・悲しい彼

木曜日。
花屋の前に車が止まっていた。
裕介は、車の中からチョットだけ笑顔を見せた。

「どうしたの？　何かあった？」

「ごめんな。また、来たりして」

「ううん。今日、仕事は？」

「用事で抜け出してきた」

「少しだけなら時間とれるけど」

「うん」

公園のベンチに二人。

「どうしたのよ、何もしゃべらないで」

「俺って、こんなにもろかったっけ？」

「……彼女と何かあったの？」

「追い付いたと思ったら、派手に転んだよ。追い付いたと思ってた俺って大バカヤローだな」

「何があったの？」

「あいつといる彼女、すごく楽しそうだったな……」

「誰といたの？」

少し黙った後、

「俺の親友」

「健太郎君!?」

「あぁ」

「親友を疑うの？」

「好きだったんだよ」

「……どっちが？」

「彼女が、健太郎のことをさ」

冷たい風が吹く。

「けど、彼女は失恋した」

「健太郎君、そんな人じゃないよ。裕介がよくわかってんじゃん」

「わかってるよ」

「だったら、信じなよ」

「できねぇんだよ」

「どうして？」

「あの二人がたまたま会って、話してるだけでも嫌なんだ。それを、聞こうと思っても何か恐いんだ」

「その人がまた、健太郎君のところにいっちゃうんじゃないかって？」

裕介は、答えなかった。

走ってる子供を目で追いながら、こう言った。

「俺らしくないよな……」

#11・情けねぇ

「もう一回、言ってみたら？　どうするかは自分で決めるのよ。後悔しないように、やることはやらなきゃ」

「……別れたのか？」

「今でもつらいわ。でも、後悔してない。裕介も気持ちをぶつけるのよ。健太郎君ともダメになっちゃうよ。裕介のことを一番理解してくれてる人じゃない」

「何、考えてるの？　さっきから」

律子が聞く。

裕介は、短くなった煙草を消す。

「俺、後悔してます」

「……何を？」

「あなたとキスしたことです」

「……」

「律子さんが、わからなくなりました。いや、自分がわかんないっていうか、あなたのこと好きになり過ぎたんですね」

裕介は、少し笑ってビールを飲む。

「まだ、健太郎のこと好きなんでしょ？」

「違うわ。もう好きとかそんなふうには思ってないわ」

「でも、はっきりしてないんでしょ？　なのに何でキスなんかしたんですかね、俺たち」

沈黙。

「どういう気持ちでしたんですか？　そればっかりバカみたいに考えてるんです

よ。十代のガキでもあるまいし……。こんな自分情けないですよ。恐いくらいにあなたのこと好きなんです」


健太郎のことは、言えなかった。

何でだろう？

律子さんは、何か言おうとしていた。

だけど、聞かずに別れた。

何でだろう？


ピンポーン、ピンポーン。

ドアが開く。

「裕介！　どうしたんだよ」

「うぃーっす！」

「酔っ払ってるの？」

「ぜーんぜん」

「入れよ。久しぶりだなぁ、元気だった？」

「まぁ、ぼちぼち」

ソファーにすわる。

「水、飲むか？」

「あぁ、飲む」

「何かあったの？」

「べーつにぃ」

TVの音が部屋に響く。

「俺さ、なーんにもわかってなかったよ」

「……何を？」

「お前のこと」

「どうしたの、急に」

「水、もう一杯ちょーだい」

「うん」

煙草に火をつける。

「お前だから許せるし、お前だから腹が立つ」

「……律子さんのことか？」

「人間って、一人で突き進むもんじゃないぜ。ろくなことになんねぇよ」

「俺が何かしたか？」

「お前は、何もしてねぇよ」

「だったら、何でそんなこと言うんだよ」

「もういいよ。俺は疲れた」

「変だよ、今日の裕介」

少し沈黙。

「健太郎……」

「うん？」

「律子さんと、何で一緒にいたんだ？」

「……」

「黙るなよ」

「たまたま会っただけだよ。ただ、それだけ」

「それだけか？　本当に」

「裕介、お前ー……」

「俺って、やっぱし変だよね、今日」

「変なカン違いするなよ」

煙草を消しながら、

「それでこそ恋なのよ！　なーんてな。帰るわ、あばよ！」

静かにドアが閉まる。

（ごめんな……。健太郎）

#12・守ってあげたい

ピンポーン。

チャイムが鳴る。

誰にも会いたくないそんな夜に、彼女がチャイムを鳴らす。

「こんばんは、ちょっと、いい？」

「ええ、どうぞ」

テーブルの上を片付ける。

「よくわかりましたね」

「健太郎君から電話があったの」

「そうですか」

「この間、彼に会ったの」

「えぇ、知ってます」

冷蔵庫からビールを出す。

「いい顔してましたね」

ひと口飲む。

「で、今日は何の用ですか?」

「冷たい言い方しないで……」

「……」

律子が座る。

「あなたに、ちゃんと話そうと思って」

裕介は黙ったまま。

「私、好きになったら何をするかわからないの」

「でしょうね。あいつの前で裸になるぐらいですから」

ビールをまたひと口。

「それで、何ですか？　また、健太郎の前で何かしたんですか？」

「怒らないで。どうしてそんな言い方するの？」

「……すいません」

「後悔したって言ったでしょ。私とキスしたこと。言われたとき、ショックだった。あの日、健太郎君に会ったとき、何でいい顔してたかわかる？」

何も答えない。

「何も思わなかったから。彼に対して何も感じなかったから」

「……」

「お風呂は、もう直ってるの。あなたのおかげよ」

「何ででしょうね……」

裕介は、少しだけ律子を見て、目をそらした。

「今日は、あなたに言いたいことがないんです。ただ、一人になりたいだけです」

黙ったまま、律子は立ち上がる。

「すいません」

「ううん、いいの。言いたいことはそれだけ。じゃあ……」

玄関へ向かって靴をはく。

裕介のほうを振り向く。

「裕介君。私、今夜で思ったわ。そばにいてあげたいって……。本気よ」

そう言って、律子は出ていった。

残ったビールを一気に飲んだ。

もうひとつ、冷蔵庫から出して飲む。

(バカヤロー! 俺は、何やってんだ!)

さっきまでそこにいた律子のことを考える。

本当は、抱きしめてキスをしたかった。

彼女が言った言葉を思い出す。
(本気よ)
胸が熱くなる。
俺も、本気だ！
部屋を出て、階段を下りる。
と、そのとき、足がもつれて転んだ。
「痛ぇ——」
もう彼女の姿はない。
寒さと悔しさがあるだけだった。

#13・運命の五分間

もうそろそろ、雪が降る頃だった。
歩いていく人たちは、少し体を縮めて歩いているような気がする。
裕介も、そんな中の一人だった。
昼の時間は、人が増える。
裕介は、ラーメンを食べた後、仕事へ戻るため歩いていた。
信号が赤で止まる。
青になると人が流れるように、肩をよけあいながら歩いている。
渡り終えてから、ふいに腕をつかまれた。
裕介は振り向く。
背広を着たサラリーマン風の男がいた。
「何ですか?」
その男は、裕介の腕を離した。
「暗い顔してるな。うまくいかなかったのか?」

裕介は、ムッとした顔をする。

「なんだ、あんた!」

歩いていこうとする裕介。

「得意のカンは、どうした?」

「えっ?」

「あのときの顔が、どっかに消えちまったなぁ」

「あんた……、まさか」

歩み寄る裕介。

男は、時計を見る。

「もう、行く時間だ」

「ちょっと待って! ひとつだけいいか」

「何だ」

「……あんた、自分が情けなくなるほど、カッコ悪くなるほど人を好きになったことがあるか？」

　男が鼻で笑う。

「だから、結婚したんだ」

「……」

「この前の女のことか」

「あぁ、前よりもっと悪い状況だよ。俺が悪いんだけどさ」

「お前は、やっぱり幸せ者だ」

「どこがだよ」

「その女、大切にしろ。それと、ありがとう」

「何が？」

「お前に助けてもらったからな」

「別に。あんたがはい上がったんだよ。あんた自身の力だよ」

　男はまた鼻で笑った。

「俺のカンは当たらんが、人を見る目はある」

「それが?」

「俺は、お前が好きだ」

男は、ニヤッと笑って時計を見る。

「今日は、このまま晴れだといいな」

「快晴だぜ、きっと」

「……仕事だ。じゃあな」

男は、大きな背中を堂々と見せて歩いていった。

裕介は、それをずっと見ていた。

男のあの言葉で、何かをもらった。

裕介は走った。

(律子さん!)

裕介は、走った。

#14・嵐の後の静けさ

高鳴る胸を押さえて、仕事を片付けた。

ＰＭ５：30。

「お先にぃー」

誰よりも先に会社を出る。

プルルル……。

「健太郎、俺だ」

「あぁ、裕介」

「これから律子さんのところに行ってくる」

「……そっか。この前、ごめんね」

「謝るのは俺のほうだ」

「そんなことないよ」

後ろでゲームの音と彼女の声が聞こえる。

「健太郎」

「うん？」

「お前、俺が好きか？」

「……」

「……」

電話の向こうでため息が聞こえた。

「好きだよ。だから、俺も苦しいんじゃないか！　お前がいっつも心配だよ！」

「今度は、たぶん大丈夫だぜ」

「俺もそう思う」

「お前のこと、もっと知りたいよ」

「……気持ちわりぃ〰〰」

「フン。じゃあな、また電話する」

「頑張れ」

「あぁ、じゃあ」

「バイバイ」

裕介は、車を飛ばした。
今すぐに律子さんに言いたいこと、今すぐに律子さんにしたいこと。
それだけを考えて。
もう外は真っ暗だった。
部屋の明かりを探す。
ピンポーン　ピンポーン
いくら待っても出てこない。

気付くと窓にカーテンがなかった。
部屋の中には、何もない。
律子の面影ひとつ、ない。
裕介の目の前は、本当に真っ暗になった。

さっき、飛ばしてきた道をゆっくりと走る。
明日からの俺を考えていた。
俺は、どうなるんだ?
(私、本気よ)
あの日の彼女を思い出す。
何で、あの日彼女を抱きしめなかったんだ!
彼女の電話を呼ぶ。
けど、彼女は出ない。

細い指がチャイムを押す。

すぐには出てこない。

もう一度、強い思いでチャイムを押した。

やっとドアの向こうで音がして、ドアが開く。

出てきた男は、彼女を見るとビックリした顔をした後、かっこいい顔で彼女を見て強く抱きしめた。

男は、何も言わずに抱きしめている。

「よかった。また、冷たくされると思ってたの」

律子は、少し涙を浮かべて言った。

「引っ越しそば持ってきたの」

裕介は、やっと体を離した。

「引っ越しそば？」

「私、ここに引っ越してきたの」

「ここって……」

律子は、笑顔を見せる。

「すごいことするでしょ、私って。何をするかわからない……」

「好きになったら……」

「そう。迷惑だった?」

裕介は、首を横に振った。

「私って、危ない女ね」

また、首を横に振る。

「私とずっといてくれる?」

目を合わせて、

「はい。お願いします」

律子は、持っているそばを置いた。

「今日は、はっきりしてるから。あなたのことが好きだって」

見つめ合う二人。
くちびるが重なった。
心がひとつになった。
あの夜と違うキス。
ゆっくりとお互いを確かめ合うキス。
そのまま裕介は、律子をベッドに連れていった。
こころを愛して。
カラダも愛して。
デザートは、おいしいおそばが待っている。

#15・その後のみんな

「裕介。俺さ、結婚しようと思うんだ。もういいよね」

「いーんじゃないの？　とっくの昔から」

「お前も落ち着いたしね、これでひと安心」

「まさか!?　それでずっとしなかったの？」

「うん、そうだよ」

「俺のせいかよ、知らんかったな」

「もっと俺のこと知ってよ、早く」

ゲホッゲホッ
「気持ちわりぃ〰〰」

「よかったね、裕介」

「あぁ」

「私も幸せになれるよね」

「人間はさぁ、そうなるために生まれてくるんだよ」

「かっこいいじゃん」

「まぁな」

「頑張ろうね、お互い」

「あぁ」

雪がさらさらとやさしく舞っていた。


「川島さん」

「はい」

「これ、さっき若い男の人が渡してくれって」

白い封筒を渡される。

男には、すぐにわかった。

俺の後でも、ついてきたんだろう。

「名前も知らないって言うし、困ったんですよ」

「あはは……」

「友達なんですか？」

「えっ？」

「友達だって言えばわかるって言ってたんですけど……」

「……えぇ、友達なんですよ」

「へぇー」

そう言って、彼女はデスクに戻っていった。

封筒を開けた。

手紙が一枚。

少し汚い、男の字だった。

住所と電話番号も書いてある。

〈あんたのお陰で楽しくやってます。今度、彼女に会ってください。すごく会いたがってるんです。そんじゃあ、さよなら。また、会いましょう。

P・S お返事待ってます。

斉藤　裕介〉

自分じゃない俺に気付いた
情けない俺がいた
かっこ悪い俺になっていた
俺のカンは当たるぜ
今度こそ女神に会ったんだ

おわり

てるてる坊主

今、思い出しても胸が痛い。
そんな恋があった。
あの人は今、どうしているだろうか。
出会いから十二年。別れから七年が経っていた。

21時35分。
時計を見て、受話器を見る。
確か一昨日《おととい》は、21時40分頃に電話が鳴った。
もう少し、もう少し……。
一昨日と同じ時間に電話がくる訳がない。
だけど私は待っている。
何かにすがり付いてあなたを待っている。

一昨日の今を思い出す。

ビールを飲みながら、彼の家庭を想像して、少し泣いていた。

そう、今日も電話はこない。

そう思っていたときだった。

プルルル……。

「はい」

「寝てた?」

「達哉君?」

「あぁ」

「どうしたの?　こんな時間に」

「うん、仕事で飲んでるんだ」

「そう……」

「どうした?」

「ううん、別に」

さっきまで想像していた彼の家庭の絵が消える。

ホッとしていた。

「酔っ払ってる？」

「少しね」

「まだ飲むんでしょ？」

「あぁ、まだまだ付き合わなきゃ」

「ふぅーん」

「ゆかりは？　もう寝るの？」

「ううん。まだ眠れそうもないもん」

「そっか」

「何か歌った？」

「歌わねぇよ。俺は聞いてるだけ」

「歌えばいいのに」

「俺が歌ったらみんなにプロだってバレちゃうだろ？　だから歌わないの」

「〝能ある鷹は爪を隠す〟の？」

「すごい言葉知ってるじゃん」

「そんなの知ってるもん！」

「ハハッ、そうか。じゃあ、もう戻るね」

「うん」

「じゃ、おやすみ」

「うん、おやすみ」


21時43分。

一昨日の時間は過ぎてしまっていた。

「バカみたい……」

ビールの缶とコップを片付ける。

台所に掛けてある小さい鏡が少し揺れた。

「もう二十四歳よ。もう四年よ……」

鏡の中の自分を見つめる。

世界で一番惨めな女に見えた。


子供が泣いている。

六か月前に生まれた娘だった。

娘を抱き上げ、こう思う。

(あんな子供だった私がもう一児の母よ。あなたを困らせてばかりいた私が……)


「あなたの子供が欲しいの……。結婚なんて望まないわ。私、一人で育てるから」

「それは、無理だよ」

「どうして？」

「どうやって生きていくの？　それに、子供はみんなから祝福されて生まれてこなきゃ。両方そろっているのが一番なんだよ」

「こんな気持ちははじめてなんだもん。言っちゃいけないってわかってるけど……」

「俺は君が好きだよ。心から。本当に。でも、それはできないんだよ……」

いつの間にか、少し泣いていた。

やっと泣き止んだ娘は、眠りについている。

そっと、ベビーベッドに娘を寝かせた。

今日、夫の帰りは遅く、夕食の用意はしなくていい。

ソファーに横になり、涙を拭いた。

「二十六日と二十七日は、休みだよね？」

「えっ？　うん……」

カレンダーを見る。

土、日のことだ。

「一緒に眠ろうか」

「えっ？」

「一緒にご飯を食べて、一緒に泊まれるかな？」

「大丈夫なの？」

「うん、大丈夫だよ。豪華じゃないけどホテルにでも泊まろうか」

「うん」

「じゃあ、また連絡するよ」

「はじめてだね」

「うん？」

「ううん。何でもない」

彼に抱かれるたび、こう思う。

このまま死んでしまってもいい。

このまま時が止まってしまえばいい。

今日という日がずっと続いてくれればいいのに……。

時が経つのは、早い。

一緒に遅くまでテレビを見て、ずっとひとつの布団にいた。

朝を迎えて、朝ご飯を一緒に食べた。

そんな二日間は、もう終わってしまった。

時が経つのは、ものすごく早い。

あの人の顔もぬくもりも声も、ずっと遠いところへ行ってしまった。

「ねぇ、一緒に太陽を見てるよ」

そう言って彼の顔を見る。

寝グセで少し髪がはねている。

「うん」

そう言って彼も笑った。

その日、十二月二十七日。

最初で最後の、二人で迎えた朝だった。


少しの寒さを感じる。

気が付いて時計を見ると四十分経っていた。

起き上がり娘を見にいく。

かわいい寝顔が静かに息を吸っている。

安心して台所に行き、自分の夕食の用意をした。

もう、この部屋にあの人は来ない。
そして、この部屋とは私自身もサヨナラだ。
あの人からの電話も、もうこない。
部屋は静まり返り時計の音が響いている。
こんな大きな部屋だったなんて知らなかった。
もう、チャイムは鳴らない。
三回鳴って、ドアを開けるとあの人が立っていた。
もう、あの日はやってこない。
ベッドに眠るあの人の姿も……。
今頃、あなたはどうしているの？
何も変わったことなく、家庭を過ごしているの？
かわいい子供と、一生を誓った女性と……。

「ごめんなさい……」

涙がたくさん流れている。

「ゆかりが謝ることじゃない。俺のわがままでいっぱい辛い思いをさせてごめんね」

「幸せだったよ、とても」

「ゆかりにはいつも笑顔でいてほしい。幸せにならなきゃ駄目だよ」

「ありがとう……ありがとう……」

彼の抱きしめる腕が強くなる。

「もう会えなくなるのか……」

「……」

涙は止まらない。

「お前の決断は、間違ってない。ゆかり、お前はいい女だよ。いい女になったな」

「……あなたのおかげよ」

音楽が聞こえた。

娘の部屋からだった。

人形が揺れている。

メリーゴーラウンドだ。

(どうして、これが勝手に……?)

何かがあるような気がした。

(誰かいるの……?)

周りを見回しても、誰もいるはずがない。

そのとき、娘が泣いた。


向こうから、誰かが歩いてくる。

懐かしい人だった。

「やぁ、元気かい?」

「……」

「驚いたかい？　そうだよな」

「どうして？」

「うん」

「また会えるなんて……」

「今、幸せかい？」

「うん……。あなたは？」

「俺もよかったよ」

「あなた、何も変わってない。あのときのまま……」

「そうかい？　もう年だよ。それに体にもガタがきてるんだ。それよりゆかり、かわいい子供だね」

「うん」

「ずっと幸せでいてね」

「ねぇ、抱きしめて。こっちに来て」

「ううん。それはダメだよ」

「どうして？　いつもそればっかり」

「どうしても」

「やだ」

そう言うと、彼は笑った。

「ゆかりも変わらないな。あのときのままだ」

「あなたにわがままばっかり言ってたね」

「ううん。そんなことないよ。甘えてたのは俺のほうだ」

「あなたはいつも優しくしてくれた」

「君に出会えてよかった」

「私も」

「もう行くよ」

「もう？」

「うん。じゃあね」

「どこに行くの？」

「本当にありがとう。いろいろ、ごめんね」

そう言って、優しく笑った。

「じゃあね。ゆかり」

彼は、歩いていく。

「もう会えないの？」

それに何も答えず、手を振り続ける。

「ねぇ、私の娘を見ていって！」

「もう見たよ。元気でね」

彼の瞳に涙が見えた。

朝、目が覚めると外は雨だった。
夫を起こし、朝食の用意をする。
新聞を読み終えた夫がトイレに立つ。
そっと、新聞をめくった。

岸本達哉さん（52）
21日死去。喪主は妻の智子さん。

新聞をそっと閉じる。
あの人が死んでしまった……。
そして、はじめて見た彼の妻の名前。
（どうして……）

「じゃあ、行ってくる。今日は早いから」

「うん、いってらっしゃい」

「どうした？」

「ううん。大丈夫」

「何かあったのか？」

「大丈夫よ」

「何かあったら、ちゃんと言えよ」

「早く行って、早く帰ってきて……」

夫が心配そうな顔を残して会社に行った。

ソファーに座り、新聞の文字を思い出す。

（あの人は、もう、いない……）


彼を思って、また泣いた。

あの頃のように、胸を痛めて。
泣きながら娘を抱き上げ、メリーゴーラウンドのひもをひっぱった。
あひるや犬たちがくるくると回る。
(最後に会いにきてくれたのね)
小さい人形たちが音楽に合わせて回っている。
(どうか優しかったあの人に安らかな眠りを……)

ゆかりは、泣いた。
そう、あの頃のように。
外の天気も悲しそうに雨が降り続く。
母親の胸で抱かれている娘は笑っていた。
それが、ゆかりの心を安心させた。

外は雨だ。

明日はきっと、彼が空へと旅立つ日。

空に笑っていてほしい。

いつかずっと前に、あなたと見たことがある、そんな青空になってほしい。

晴れるように、てるてる坊主を作る。

(あなたのために明日は晴れますように)

明日は、きっと晴れるだろう。

てるてる坊主も笑っているから。

おわり

モーニングコール

午前9時59分。

電話のベルが鳴る。

女は、すぐに受話器を取った。

「はい」

「おはよう」

「おはよう。調子はどう?」

「いいよ。君は?」

「えぇ、いいわ、すごく」

電話の向こうで10時を知らせる音楽が流れた。


彼女の名前は、広田香。

最近、知人のパーティで知り合って、最初から気になっていた。

彼女は、出版関係の仕事をしているらしい。

一応カメラマンの俺と、そんな彼女は出会い、毎日朝10時に話すのが日課になっていた。

「ねぇ、ときどき聞こえる音楽なんだけど、どこからかけてるの？」

「公衆電話だよ。近くに本屋があるんだ」

「携帯は、あまり使わないの？」

「いや、そんな訳じゃないけど」

「そう」

「公衆電話からかけるところが何かいいだろ？」

「ふふ、そうね」

道路の向こう側にある本屋の入り口で、母親の後をついて歩いている男の子がいた。

母親の手伝いをしている感じに見える。

今年で小学校一年生になる男の子だ。

名前は、悟。

俺が付けた名前だ。

午前10時。

プルルル……。

「はい」

「もしもし、俺」

「はい」

「おめでとう」

「ありがとう」

「仕事は、どう?」

「えぇ、順調よ」

「そうか……」

「ねぇ」

「ん？」

「私、今日で三十二よ」

「あぁ……」

「会いたいわ」

「……」

「お願い」

そこに、彼はいた。

彼の名前は、村上司。

最初に会ったときから、惹かれていた。

もう一度、会いたいと言ったら、彼はどう思うだろう？

遊びとして、今夜、ここにいるのだろうか。

「ねぇ、今日のこと、どう思ったの？」

「……誕生日おめでとう」

「ありがとう」

彼は、笑う。

「ねぇ、どう思ったの？」

「会いたかったよ」

「本当かな？」

「あぁ、本当だよ」

「……」

「三十二か。俺はその六つ上だな」

「そうね」

「早いな」

「あなたが三十二歳のときって、何してたの？」

「……」

　ふと、村上は暗い顔をした。

「変なこと聞いた？」

「いや。別に、何も覚えてないな」

「……そう」

「あぁ」

「ねぇ、どんな写真撮ってるの？」

「グラビアアイドルさ」

「本当？」

「あぁ、そればっかりじゃないけど」

「若い女の子ばっかりでうれしい？」

　香は少しいたずらっぽい顔で笑っている。

「まぁね」

村上も笑って答えた。

「懐かしいわ。私もそんな頃があったのに……。男の人も思ったりするの？　年がひとつ、ひとつ多くなって、体の変化とか……そういう恐さって思ったりするの？」

「君は、恐いのかい？」

「えぇ、若い子を見ると……少し」

「二十代も三十代も、いくつでも同じさ。その人、その人の魅力があるし、それに、大人の女のほうがいい」

「あなたもとてもステキよ」

「ありがとう」

香は少し笑って、うつむく。

「今日は、どういうつもりで来たんだい？」

「……私に、それを聞くの？」

「言ってほしい」

「一番にそれを考えたわ」

「遊びで？」

香は首を横に振る。

「あなたは？」

村上も首を横に振る。

「あなたから言って」

「何て？」

「……そういうことを」

「……キスしよう」


優しく、強くキスをする。

香のふくらみを村上の手が包み込み、それに香の体が反応した。

香を抱き、ベッドに流れる。

くちびるが離れ、また重なる。

いつの間にか、太陽の光が二人を包み込んでいた。


プルルル……。


プルルルル……。

「はい、もしもし」

「……俺」

「二日も電話くれないから、あれっきりかと思ってたわ」

「……」

「もしもし？」

「考えごとしてたんだ」

「何かあったの？」

10時を知らせる音楽が聞こえる。

「一度切りにしたいなら、してもいいのよ」

「違う」

「じゃあ、何？」

「……君に頼みがあるんだ」

「どんな？」

「一緒に会ってほしい人がいる」

「誰なの？」

「もう一度会えるかな？」

「……」

「信じられない？」

「もう一度だけじゃなく、何度でも会いたいわ」

「俺もだよ」

午後8時30分。

「ごめんなさい。仕事でちょっと遅れちゃって……」

「いや、いいよ」

「何飲んでるの？」

「俺はいつもビールさ」

「じゃあ、私も」

「お疲れ様」

そう言ってグラス同士が触れ合う。

「今日は、仕事だったの？」

「今日は、子猫を撮ってきたよ」

「へぇー、かわいいわね」

「君は、仕事どうだい？」

「うん、まぁまぁよ。ファッションやメイクやヘアスタイルとか、今の情報を集めて本にするのってとても楽しい」

　笑顔で香は言った。

「ずっとやりたかった仕事かい？」

「ＯＬも少しやったけど、つまらなかったわ。私の場所はここじゃないってずっと不満ばっかりだったの。好きなことするなら若い今のうちだけだって、そう思って……」

「好きなことだけして生きていけたらいいのになぁ」

「……そうね」

　村上の横顔を見つめる。

「ねぇ、あなたの若い頃の話を聞かせて」

「……」

「あなたが私に何を言いたいのか、誰に会いにいくのか、何があったのか話して」

　村上は黙って何かを考えていた。

そして、口を開く。

「僕には、子供がいるんだ」

「……結婚してるの？」

「二十八歳のときにね。そして、三十二のときに離婚した」

「……それで？」

「そのとき、子供はまだ一歳で、今はもう小学一年生になる」

「どうして、別れたの？」

「俺は、いい夫じゃなかった。そのときはまだカメラの仕事も全然だったし、それに何より妻の気持ちを考えてなかった。いつの間にかすれ違って、子供ができたと聞いたときも、『本当に俺の子か？』って聞いた」

そう言って、ビールを飲み干す。

「俺は、そんな最低な男さ」

「傷ついたわ。奥さんも、私も……」

「嫌いになったかい？」

「続きを聞かせて」

「別れてから息子には、会ってない。妻は再婚して、息子に新しい父親ができた。いい親子になってるらしいし、あいつの幸せを壊したくない。それに、俺も忘れようとしていたのかもしれないな」

「でも、会いたくなったのね」

「野球やサッカーをしてる小学生たちがいると、何だか淋しくなってくる。元気に走り回る息子を見たくなってくるんだ」

「そう……」

「俺は、父親とは言わずに会おうと思う。向こうの家庭を考えたらそれが正しいと思う。君もそう思うだろ？」

強い瞳で、香を見た。

「そうね。今は、今はそうすべきだと思うわ」

「一緒に会いにいってくれるかい？　無理にとは言わない」

「……行くわ。ついてってあげる」


「もしもし」

「姉さん？　私、香よ」

「あら、どうしたの？」

「うん……。元気？」

「まぁね、子育てで大変よ」

「ねぇ、子供を持つのって、どういう気分？」

「何？　できたの？」

「違うよ、そんなんじゃなくて」

「大変だけど、幸せよ」

「もし、離れて住むことになったら？」

「え？　何？　どうしたのよ」

「……好きな人に子供がいるの。その人は今、独身よ」

「うん」

「でも、その人ずっと子供に会ってなくて……。今度、父親とは言わずに会いに
いくのね、それで、私も行くの」

「うん」

「彼が今、どんな気持ちでいるのかって考えてるんだけど、私にはそんなつらい
経験ないし……。少しでも私、あの人の力になりたいの」

「……つらいわね。想像しただけでもつらいものよ」

「私、どうしたら……」

「今、彼と別れることになったら、どう思う？」

「今、彼と？」

「そう、今」

「嫌よ。そんなのつらい」

「その気持ちの何倍も彼はつらかったと思うわ」

「……うん」

「一緒に来てって言われたの？」

「うん、そう」

「それでいいのよ。ただ、そばにいてあげればいいの」

「……」

「大丈夫よ」


プルルル……。

「はい、もしもし」

「村上です」

「……元気でやってるの？」

「あぁ。いつもありがとう。連絡くれて」

「あなたはさっぱりくれないわね」

「悟は元気か？」

「うん、元気。もう一年生よ」

「あぁ、見たよ」

「……そうだったの」

「お前には、すまないと思ってる」

「……いいのよ。あなただけじゃないわ」

「店は、うまくいってるのか」

「うん、大丈夫」

「旦那とは？」

「心配いらないわ」

「そうか」

「……」

「今度の日曜日、行くよ」

「……」

「心配するな、何も言わない。でも、もしお前と旦那が嫌だと言うならそれは仕方ない」

「……彼に相談するわ。気を悪くしないで」

「いや、いい。当然のことだ」

「電話するわ」

「あぁ、すまない」

断られるのは、当然のことかもしれない。

向こうの旦那もよくは思わないだろう。

そう思い、自分を納得させていた。

「今度の日曜、待ってるわ」

「いいのか？」

「えぇ」

「ありがとう」

「……あなたの子供よ」

「でも、迷惑をかけるつもりはないから」

「今はまだ……」

「あぁ、わかってる」

「じゃあ、次の日曜に」

「本当にありがとう」

「いいのよ」

「じゃあ」

「えぇ」

「日曜日、行けるよ」

電話の向こうで村上が言った。

「そう、よかった」

「君に礼を言うよ」

「……どうして?」

「君に会ってなかったら、会いにいこうなんて考えなかったから」

「……」

「ありがとう」

「私、あなたの力になれるの?」

「あぁ、もちろんだ」

「……よかった」

「明日、迎えにいくから」

「うん、待ってる」

「おやすみ」

「おやすみなさい」


日曜日。


「この音楽……」

午前10時。

「10時の音楽だ」

二人は笑い合った。

本屋に入ると、けっこうな人がいた。

村上は、ホッとした。

レジのあるカウンターに近付いていくと、男が立っていて、こっちを見た。

その男に軽くおじぎをする。

その男もおじぎをすると、受話器を取って誰かに電話をした。

しばらくしてから、女と男の子が店の中に入ってきた。

村上の手の届くところに、悟はいた。

「こんにちは—

「こんにちは」

そう言って、母親の顔を見る。

「ママの友達よ」

そして、村上の横にいる女の顔を見た。

「彼女は、広田香さん」

「こんにちは」

そう言って、頭を下げる。

村上は、悟と同じ目線にしゃがんだ。

「ママは、優しいかい？」

「うん」

「パパも？」

「うん」

悟の手にあるグローブとボールを見た。

「野球が好きなんだ」

「うん、イチローが好きだよ」

「そうか」

悟の頭をなでる。

「君と君のママに会いたくなったんだ、久しぶりにね」

「ふぅーん」

村上が立ち上がり、母親の顔を見る。

「元気でよかったわ。それに、一人じゃないみたいだし」

そう言って、香を見て笑った。

「あぁ、俺のほうもうまくいくさ」

「そう願ってるわ」

村上はもう一度悟の頭をなでた。

「悟くん。俺は村上司。覚えといてくれるかな」

「うん」

「ありがとう」

「ねぇ、ご飯でもどう？」

「……じゃあ、どっかジュースでも飲みにいこうか」

「うん」

悟は元気にうなずいた。

「悟くん、写真を撮ってもいいかい？」

「えっ？」

「かっこよく撮ってあげるよ」

「おじさんはプロなのよ」

香が言う。

村上は何枚も悟を撮った。

これからは、忘れようなどとは思わない。

こいつは俺の宝だ。


「悟くん、おじさんの名前覚えてるかな？」

「うーんと……、ナントカつかさ！」

「ははっ、むらかみ、つかさだよ」

「あっ、そっかー」

「次は、覚えててくれよ」

「うん」

母親の顔を見る。

「今日は、ありがとう。旦那にもお礼を言っといてくれ」

「えぇ、伝えるわ」

「また、会いにきてもいいかな？　迷惑はかけない」

「……えぇ」

「じゃあ」

悟を見る。

「悟くん、バイバイ」

「バイバイ」


夜。

村上は、香に甘えた。

香は優しくしてくれた。

「家族って大事なものね」

「あぁ」

「いつか、告白するの？」

「……わからない」

「少しの間、それは忘れて今を大切にして」

「あぁ、そうだな」

「明日は、仕事？」

「うん、グラビアの日さ」

「ねぇ」

「ん？」

「私の体と比べないでね」

「……もう遅いよ」

「ひどーい！」

「あはは」

二人は、じゃれあって、そして眠る。

「おやすみ」

二人は、キスをする。

電気スタンドの明かりが消える。

香の甘い寝息が小さく聞こえた。

日曜日。

午前10時。

プルルル……。

「はい」

「俺」

「おはよう」

「あぁ」

「悟くんは？」

「いるよ。どっかに行くみたいだ」

「そう」

「俺も今からそっちに行くよ」

「うん」

「じゃあ、また後で」

電話ボックスを出て、本屋を横目で見ながら歩く。

ときどき、トラックが通って、邪魔をする。

悟が数人の友達と店を出て、走り出す。

村上もそれに合わせて走るが、追い付かない。
元気な子供たちは、あっという間に角を曲がり、見えなくなった。
村上は、ゆっくり歩く。
自分がニヤニヤしているのに気付くと、恥ずかしくて周りを見回す。
誰も気付いてないことにホッとした。
村上も少し走り出した。
さっきの悟の様子を香に話したかった。
元気に走っていった悟の姿を。
村上は香の待つ部屋へと走る。
人の波をよけながら、元気に走った。

おわり

神様が愛しくて

あの人が亡くなって、もう五年が経ちました。
私の片思いがずっと続いた熱い恋です。
いつからか、あの人も私を愛してくれました。
この人しかいないと互いに決めて、絆を強めました。
けれど、結婚三年目にして永遠の別れを告げ、彼はいなくなってしまいました。
でも、私は大丈夫です。
彼の魂が私のそばにいるからです。
元気な男の子です。元気過ぎてときどき困ります。
そして、この子には大きなお兄さんがいます。
私にとっては、ずっと支えてくれた大切な親友です。
私は、もう恋をすることなんてないと思ってた。
そんなこと考えたこともなかった。
これから始まる……いや、もう始まっていたなんて知らなかった。

神様、あなたは知っていたのですか？
俺には、かけがえのない大切な人がいます。
一度は本当に恋をしていた女性です。
しかし、それは叶うことなく、彼女は大きな幸せに包まれました。
もちろん、俺にも恋人がいた時期はあります。
でも、あいつがいつも心の奥にいます。
結ばれることを願ってはいない。ずっとあいつを見守り続けたい。
友情を越え、愛を越えたのか……。割り切れた愛なのか……。俺にもわかりません。
ただ、彼が亡くなってからのあいつはもっと、輝いて見えるんです。
神様、俺はこれからどうなるんでしょうか。

「今日、お兄ちゃん来るの？」

「来るよ。だって今日は、良太の誕生日だもん」

「うん！　ケーキも来る？」

「うーん？　どうかなぁ？」

「やだー！　ケーキないとやだー」

「お兄ちゃんとケーキ、どっちがいい？」

「ケーキ！」

「あはは。お兄ちゃん、かわいそー」

「じゃあ、お兄ちゃんもいいよ」

「お兄ちゃんのこと、好き？」

「うん！　ママは？」

「……好きよ。とっても」

神様、これが俺の運命の恋だというなら腹を括った。

俺は、このままで生きてゆく。

美奈と良太のそばにいられる。

それだけでいい。

これも愛だと知った。

これから彼女に不幸なことがあるとしたら、それは全部俺のほうに回してくれ。

美奈と良太だけは、幸せにしてやってくれないか。


「行けー！　良太！」

赤と白の帽子が円を回る。

「良太、何位ぐらい？」

「二位だよ」

「あともう少し！」

「行けー！」

二位の旗を持って笑っている良太がピースサインをした。

二人も良太に向かって、ピースサインをする。

元気に笑う良太に、それを見つめる美奈の顔に安らぎを感じた。

「今日は、いい写真がいっぱい撮れたな」

「うん」

良太は、俺の背中で眠っている。

「楽しい一日だった」

「ありがとね、いっつも」

「そんなこと気にするなよ」

「うん」

「——いいよな」

「えっ？」

「こういうの、いいよな」

「……」

「ずっと、こうしてていいか？」

「……うん」

彼女は黙って、俺の胸に顔をうずめた。

俺の胸の中で彼女は眠った。

神様、幸せでした。

とても、幸せでした。


「兄さん」

「うん？」

「兄さんっていくつになった？」

「四十だ。何か文句でもあっか？」

「文句はないけどさ、心配だよ」

「何が？」

「兄さんって、女に興味ないの？」

「そう見えるか？」

「いや」

「どう見える？」

「……」

「言ってみろ」

「いや、いいよ」

「良太、ビール取って」

「やだ」

「じゃーんけんぽん！」

グーとパー。

「良太、ビール！」

「ったく、誰の家だと思ってんだよ」

ビールを渡す。

「サンキュ」

ビールをコップに注ぎ、飲む。

「お前、好きな人は？」

「いるよ」

「へぇー」

「兄さんは？」

「……いるよ」

「告白したの？」

「したような、してないような……」

「何だそれ？」

「口では言ってねぇよ」

「言ったほうがいいんじゃない？」

「……そうだな」

「両思いなんだ？」

「……俺も口では言ってもらってねぇな」

「言ってほしい？」

「……まぁな」

「ふぅーん」

「お前は？」

「受験合格してから言うよ」

「まぁ、頑張れや」

「うん」

「美奈」

「うん？」

「……」

「何？　どうしたの？」

「うん」

「変なの、どうしたの？」

（早く言え！　兄さん！）

開いたドアの隙間から身を乗り出す良太。

「俺にとって、女はお前だけだから」

「……」

（……）

「ちゃんと言って。よくわからないわ」

ニコニコして言う美奈。

「ずっと、お前が好きだ」

（ぷぷぷっ。あの照れた顔！）

「私もよ」

そう言って、ふたりの影がひとつになろうとしたとき、良太は静かにドアを閉めた。


天国の父さん。

昨日、兄さんが俺を抱きしめてきたんだよ。

何だかニコニコして気持ち悪かった。

兄さんってわかりやすいなあ。

父さんは怒ってる？

母さんが恋してること。

オレ？

俺は兄さんが好きだから、兄さんだったらまぁまぁいいんじゃないかって思ってるよ。


「今日の母さんは綺麗だなぁ」

「何？　何か狙いでもあるわけ？」

「別に。兄さんもまぁまぁのオヤジに見えたよ」

「何が言いたいのよ！」

「へへー別にぃー」

「コラ！」

「じゃーねー」

小池　美奈
　　　良太
飯島　直人

「何で結婚しないの？」

「えっ？」

「兄さんと何で結婚しないのさ」

「あんたも、もう少し大人になったらわかると思うわ」

「何それ、教えてよ」

「早く行きなさい。彼女待たしちゃダメよ」


「俺が女だったら、兄さんとバージンロード歩けたのにね」

「お前が結婚か……」

「兄さん、いろいろどうもね」

「まぁ、うまくやれよ」

「兄さんがいたから母さんも俺も楽しくここまで来れたんだよ」

「……」

「ありがとう。これからも母さんと俺のことよろしくね」

「俺も幸せだ。お前たちと一緒にいられたから……」

少し涙が浮かぶ。

良太が直人のコップにビールを注ぐ。

「年とると涙もろくなるんだねー」

「お前もいつか通る道だ」

「あー、やだやだ」


良太の結婚式。

新郎も新婦も美しかった。

美奈と直人は、抱き合って泣いた。

良太はそんなふたりを愛おしく感じて、そして少し泣いた。

天国のあなた
良太が結婚しました。
私も、元気でいます。
私も良太もあなたを忘れたりしていません。
だから心配しないでね。
どうかこれからも私たちのこと優しく見守っていてくださいね。

母さん、元気でやっていますか？

俺もうちの家族もみんな元気です。もう少しで、兄さんと母さんの記念日がきますね。

去年はみんなでやったけど、今年は二人でどこかに行くといいよ。俺、どっかいいところさがしとくから。

じゃあ、また電話するよ。兄さんによろしく。体に気を付けてください。

P・S　俺、母さんの子でよかったよ。兄さんに出会えてよかった。
母さんもそう思うだろ?

おわり

著者プロフィール

浅井　優（あさい ゆう）

1980年2月生まれ
北海道在住

SLOW MUSIC

2004年5月15日　初版第1刷発行

著　者　浅井 優
発行者　瓜谷 綱延
発行所　株式会社文芸社
〒160-0022　東京都新宿区新宿1－10－1
電話　03-5369-3060（編集）
03-5369-2299（販売）

印刷所　株式会社平河工業社

ISBN4-8355-7334-X C0093